水崎野里子詩集

Mizusaki Noriko

愛のブランコ

竹林館

水崎野里子詩集　**愛のブランコ**　＊　目次

Ⅰ　春

Ⅱ　アリスの旅行

Ⅲ　指の魔法

水崎野里子詩集

愛のブランコ

I

春

春

春が揺れる
どこかで　誰かが
ブランコの歌

春のリボンが
ふんわり　ふわり
私の髪はリボン色

クローバー
そよ風吹けば
しあわせオペラ

傘のメモワール

あなたに会った時
私は雨の中だった
しとどの夜の雨
ちょいと差しかけてくれた傘
二人で歩いた　交差点の信号まで
私はそそくさと横断歩道を渡り
振り返ってさよならと手を振った
こわかったの　あなたの大きな黒い傘
ずぶぬれでふてくされていた私

あなた　教えてくれた

少女がひとり雨に濡れていてはいけない
ずぶぬれで歩いていてはいけない
今　私は帽子なしでは歩きません
でも歩きたい時があったのです
あなたはさっさと手を振る私に妙な顔つき
笑ったの？　怒ったの？
遠い　遠い　見知らぬ男
女に成りきれなかった少女には
大人の男の大きな傘が怖かった
大人になることは傘を差すこと？
羽を拡げたコウモリの相合い傘で歩けること？

川越街道　夜の雨
車は泣いて　深海魚
二匹の鮟鱇　泳ぎ別れる

コロンビーヌ

私の帽子は小鳩ちゃん
端っこピョコンと
白い羽
空に向かって
ゆーらゆら

街中すいすい歩きます
毎日散歩の曇り空
私は海のお舟なの
太陽目指して

帆を上げて
意気颯爽と
大海へ

海はきらきら
金の波
眩しい光を燃やします
キャンドルライトの
ゆらめきよ

海に見えるは
小さな帆船
並んでたくさん
行列行進

いざ帆を上げて
見知らぬ国へ
ちまちま　ちょこちょこ
滑り行く

私の名前は小鳩ちゃん
これから私は舞い上がる
水平線から大空へ
二枚の羽を高々と
掲げて　さあ今

飛翔する
海のざわめき
打ち叩く
私の羽は

天使羽
青い大空
抱き尽くす

窓

目を閉じると
窓が見える
どこにもない
非在の窓

カーテンもない
ベランダもない
並ぶ花鉢もない
窓枠に飾る人形もない

でも確かに

私のこころを
閉じ込める
非在の窓

窓を開けようか?
青い風が
金色の蝶が
緑のふるさとが

飛び込むかもしれない
嵐の雲が
血に飢える獰猛な虫が
嫉妬の女神が
飛び込むかもしれない

窓を開けよう　今
そして入れよう
踊り狂う風を

絶望という名の希望を
希望という名の絶望を
生命という名の死を
死という名の生命を

目を閉じると
遠い窓
私の時間の中で
忘れられた窓

いつか見た窓

これから見る窓
非在の窓
実在の窓

窓を開けよう
そして閉じよう
入れた幽霊を
逃すな

窓を開ける

あなたの
やさしい声が聞きたくて
開ける　こころの窓

不思議な声
小さくともす
小さなしあわせ

私は羽ばたく
小鳥

風

風が吹く
風に向かって歩こう
息が出来なくなっても

きっといつか
おひさまの風が来る
スカートを翻す

春のダンス

パリの空の下 ── Sous le Ciel de Paris

街の灯火の中に
投げ出された　幾多の銃弾
命は花火　炸裂する

憎しみはいつもゲルニカの絵を描く
遠い日の　エディット・ピアフの唄
今　響き渡る

〝太陽が空から落ちて来ても
海が突然　干上がっても
あなたの愛があれば　本当の愛があれば
どんな事でも　私は平気〟※

窓は火の玉を呑み込む
窓は叫ばない
破壊されたガラスが号泣する

幾千の行き場のない難民は
今日も彷徨《さまよ》う　食糧と眠る場所を求めて
彼らに口を開ける　愛はどこだ

空はどこだ
窓はどこだ

※エディット・ピアフの「愛の讃歌」の原詞訳（直訳）。

枯葉

大人のふりしたデート
少年と少女の　二人
背伸びして　気取った
渋谷の夜　街のイルミネイション

珈琲だけ飲んでいた
レストランの二階
言うことも　もうなくなった？
黙った二人

突然ピアノが奏で始めた

枯葉　このシャンソン

今　この曲が蘇り
老いた女に語りかける
遠い　過ぎた人生の
狭間の時間の　束の間の戯れ

でも　人生は二人を分かつ　愛し合う二人を
やさしくそっと　音もなく　海は砂浜に寄せては返す
恋人の足跡を消す　別々の道を辿った二人※

今　ピアノが再び奏でる
苦い悔恨は　甘いノスタルジア
歌は　涙と笑いが多い方がいい
無数の　都会の　悪戯《いたずら》の　谷間

私の枯葉
私の東京・渋谷
私の小唄《シャンソン》
その　いとしさ

遠い　季節のあがき

※フランス語の原語詞の後半の一部を参考にした。

キャンドル・ライト

I

クリスマスが近づいたというわけでもない。この頃私に付きまとう光景がある。キャンドルライトの光だ。すなわち燃える蝋燭の焔だ。どこで見たのか自分でも確かな記憶はない。今までに世界中を歩いたが、そう言えばインドでもオーストリアでもフランスでもドイツでもイギリスでもアメリカでも見た気がする。日本ではかつての二〇一一年の東日本大震災を報じるなにかの写真集で見た。大震災を生き残った家族や友人が被災して亡くなった家族や友人のために蝋燭を多数灯《とも》していた。だから国境も宗教も人種も越えた灯火である。この世の悲しみや無念を焦がしてしまおう。憎しみを燃やしてしまおう。死者を照らそう。死者の思い出を照らそう。この世を照らそう。暗闇を照らそう。だが私の居住地域ではキャンドルライトは禁止である。大震災の時に一人暮らしのおばあさんが自宅で停電の時に蝋燭を燃やしたら蝋燭が倒れて家が燃えてしまったらしいのである。確かにキャンドルライトは贅沢な風景だ。

先日、四十年ぶりに京都の郊外に住む私の従姉妹の家に泊まった。京都へはこのところ度々訪れたがビジネスホテルをネットでサーチして宿泊していた。だが親類が恋しくなるのはやはり歳のせいであろうか？（あの世へ行く前に挨拶くらいはもう一度しておこう）。用事があった京都市営地下鉄烏丸線で降りた今出川駅から従姉妹の家がある上桂まで地下鉄烏丸線と阪急京都線梅田行と阪急嵐山線嵐山行きに乗り換えた。上桂駅に着いた時はもう夜に入っていた。駅前のセブンイレブンの明かりの前から電話したら、「線路脇の桜並木の道沿いに道なりに歩いて三つ目の電気屋よ」とのことで歩き出したがやがてあたりは人気のない住宅街となりかなりうろうろ歩いた。道は街灯で照らされていたがやはり夜の気配の方が勝った。四十年ぶりの心細さであった。四十年行かないと道は忘れる。「三つ目」がいけなかった。私は電気屋がみっつ並ぶ駅により近い場所に従姉妹は引っ越したのだと勘違いしたのである。なに、もとの場所の自宅を電気屋に改造しただけだった。三つ仲良く居並ぶ電気屋なんて考えてみればあろうはずもない。秋葉原ならいざ知らず、上桂は京都近郊の高級住宅街の一角だ。だがその結果に辿り着いた電気屋の煌々と灯る電気の明るさは神の光と映じた。

翌朝、従姉妹の夫の遺影に線香を燃やして挨拶した。蝋燭を従姉妹は灯してくれた。二本。家だけは広く遺影が置かれた部屋も広い。京都では蝋燭の光を禁止などという事態にはまだ到ってはいないようだった。私は生前の彼を知っている。松戸に住んでいたころ、一家で泊まりに来てくれた。若いころ無線の免許を取った私の夫の名を知っていたのには驚いた。電気に詳しく東京の大学を出て、それから京都に帰り大手の電気会社にサラリーマンとして勤務していたがやがて自立して自分で電気屋を始めた、だが商売はあまりうまくない、実家は裕福な呉服屋のボンボンだから、そういう噂もいつか聞いていた。従姉妹はかつての家にひとりで住んでいた。隣の小さな家に息子夫婦が住んでいて一緒に電気屋をやっているそうであるが、従姉妹の顔には心なしか生活感？　みたいなものがあった。だがこれは今考えると歳のなせる技であったかもしれなかった。四十年ぶりの親類との再会。私も年齢は同じく共に四十年プラスのわけではあった。

従姉妹の伴侶、Mさんの遺影はかつて会ったときのままのようで若いころの写真そのまま、あるいは亡くなった時がいまだ若かったのであると思う。見上げて挨拶、ちらつく蝋燭の焔に清まりつつ柏手を二度打った。神道であるとのことであったからである。見ると、榊がちゃんと供えてあった。線香に火を点《つ》けた。御無沙汰ごめんね。四十年の非礼を詫びよう。焔は神の火だ。

Ⅱ

光を！　もっと光を！
と言ったのはゲーテ？

愛を！　もっと愛を！
と言ったのは誰だったっけ？

私がそう言うとしたらキザかしらん？

蝋燭を燃やそう
明々と

たくさんの小さな灯火

点《とも》して　暗闇に光を

憎しみに愛を
憎しみを燃やせ

燃やしたい
キャンドルライト

明々と燃えよ
燃え続けてよ

貧しい少女はマッチを擦る
マッチは燃える　神の心臓

愛のブランコ

あなたがいると
私は感じます
この世に
愛なんかないと

あなたがいないと
私は感じます
この世に
愛があると

あなたがいない部屋

私がいる部屋
あなたの不在に
毀れたピアノが
奏でる　ショパン

あなたがいる部屋
私がいない部屋
存在の場所で
風船が膨れる
愛のブランコ

Ⅱ　アリスの旅行

アリスの旅行

私の名はアリス
今　不思議の国を旅行中
昨日　希望という名の駅を出発
乗っているのは「どこでもない国」行き列車
乗客は私とウサギさん

切符には書いてある
途中下車は禁止だと
だから降りるわけにはいかないの
列車は走る　二つの国の間を
左を見るといつでも昼の国

右を見るといつでも夜の国

やがて列車は止まった
駅の名は「左駅」
窓から見ると
行き交う人々は皆
昼模様の服を着ている
みんな昼　昼と歌っている

ウサギさんを抱っこしていると
次の停車は「右駅」
夜ばかりの街の中に
一面　夜　夜と書いてある
店の看板にも　ビルの天辺にも
人間は見えない　無人の街

みんな　眠っているのかしら
夜の空の服を着ていて見えないのかしら？
私はなぜか眠れない
目的地に着くまで起きているわ
左側の左駅を通過して　右側の右駅を通過して
いつまでも昼の国と　いつまでも夜の国の間を
不思議の国の列車は走る

私はアリス
ウサギさんはどこかへ行っちゃった

ライム・ライト※

いざ踊る　私の　喜びトゥ・シューズ
履けば　ライム・ライトの明かり照る
舞台袖から　今進み行く　私は鳥よ　踊る鳥

あなたはね　最初私を思ったのじゃない？
夜の女と　ぎらつく街の酒場の陰で
男にすがり金せびる　あわれな一人のアル中女と

道でちょいと泣いていただけ　愛した男に捨てられた
他の女が彼を奪った　お酒飲みすぎ　路上に倒れた
あなたがそこにやって来た　でもね　死のうと思ったのじゃない

あなたはやさしく私を招いた　ひとりぽっちの
あなたの部屋に　ロンドン裏町　貧民街ね
路地裏アパート　あなたもわたしも　どん底人間

びっくりしたわ　あなたの白髪　あなたは老いた
コメディアン　道化芸人　かつては有名　名を馳せた
老いて出番を失ったのね　でもあなたの芸はまだ生きている

私は名も無いバレリーナ　若い女が舞台で踊るはむずかしい？
このロンドンで　私は正直過ぎるのかしら？
いつも派手な美人スターが主役を奪う　化粧が濃くて男取り巻く

今　私は舞台に進む　ライム・ライトの明かりの中へ
ダンスの音楽聞こえ　万雷の拍手の中で　私の踊り

華やかステップ　コスチューム　ライトに透けて　私の踊りは眩しく跳ねる
ありがとう　チャップリンさん　無名の女にライトを当てる
無名の女に　踊らせる夢　さようなら　あなた　もう私はスターなの
「ライム・ライト」は私の踊り　あなたは粋な道化役

今でも私は忘れない　あなたの　ダブダブズボンの道化の踊り
はっと気がつくと　劇場は空っぽ　私は踊る　この今踊る
いつか見た同じ空っぽ劇場で　たったひとりのバレーを踊る

使い古しのコスチューム　化粧もなくて　音楽もない
ライム・ライトだけが華やか映える　でもね　私のバレーは天下一品
私の踊りは世界を揺るがす　さようならチャップリンさん！

※　ライムライト＝石灰《ライム》片を熱して強い白色光を出す装置。十九世紀後半、西欧の劇場で使われた舞台照明のこと。また、英米では一九五二年に公開の映画の題名として使用された。チャールズ・チャップリン監督、脚本、作曲参与、出演。日本では一九五三年に公開された。一九七三年にリバイバル上映、同年作曲でアカデミー賞を受賞した。一方、私が本作を観たのは、東京の銀座の映画館で一九九〇年代と回顧する。チャップリンシリーズとして上映され、お弁当を持ち込んでいくつか観た。その中の一作である。

雨の夜にあなたは帰る

雨の夜に
あなたは帰る
遠い少女の日に聞いた
歌が　今蘇る

そうよ　雨の夜
きっとあなたは帰る
しとどに濡れた
夜の闇から

真っ暗な
時間の中から

あなたは現れる
ずぶ濡れで

ドアを開けるわ
ずっと　待っていたの
雨音だけが響く
空白の部屋の中で

去って行った時間
その空間を埋める雨
遠い　遠い　失われた時間
深い　深い　溝の中から

あなたは帰る

海辺の小景——フロリダ・マイアミにて

I

熱い太陽　眩しい
白い浜の向こうに
青い海　果てしのない緑色の帯
今日は　波は穏やかだ

いつか見た風景
椰子の木　南国の花
エアコンの効いた
寒いホテルの中から

外へ出ると　太陽が眩しい
粋な人々が歩く　休む
粋なテーブルと椅子が並ぶ
ヘイ！　ユー！　タオル！

おじさん　タオルをちょうだいな
タオルを借りて
プールの脇を歩く
浜を見晴らし　プールがうねる

子供が　子供の親たちが
水で遊ぶ　水は暖かかった
肌の色は気にしない　嬉しい気分
水着　浮輪　バルーン　パラソル

陽気な色合い　色彩豊か　太陽に照る
見上げれば　碧い空　白い雲
バックストロークで泳げば
空と雲が　確かに見える　動く

水に浮く　ぷあぷあ　ふわふわ
クロール泳ぎは十五年ぶり
ひと泳ぎ　泳いだら　泳げた
ひと時の平和に浮かぶ

フロリダに集まった人々の
夏の平和に　浮かぶ　泳ぐ
そうだ　明日は　海のただ中
キーウェストへ行く日

ヘミングウェイの生きた
フロリダの先端へ　スペイン戦争の記憶
キューバが近い　頭の中で拡げる　半島の地図
半島の先端から　島が点々と連なる

半島の端から　島々へ渡る橋がある
ミニバスに乗ったままで行ける
キーウェストは島々の南端に位置する
明日は　はるかな旅　文豪を追う長い旅

燃やせ　情熱
宵闇にまぎれた　メキシコ湾流
キューバからの密航者の　夢の影
老いた漁師の海との格闘　少年は泣く

束の間の　異国の滞在
異国のおにいさんやおばさんとの会話
イエス！　イエス！　オー　サンキュー！
その時間が　今　一幅の絵になる

太陽を　光を　浴びる　撃つ
太陽に向かって　泳ぐ

Ⅱ

フロリダ（州・半島）には一五一三年に、コロンブスの第二次航海にも加わったことのあるスペインの探検家ポンセ・デ・レオンが、西インド諸島、プエルトリコの探検の途中、到達した場所である。彼はその後カリブ海のインディオと戦ってトリニダード（キューバ中部の都市）を占領。二十一年に植民のためにフロリダに戻ったが、インディオの攻撃を受け、負傷がもとで死亡した。だが一七八三年スペイン領、一八一九年アメリカ領、一八四五年第二十七番目のアメリカ合衆国の州になった。すなわち、コロンブス遠征で原住民が多大な被害を被ったスペインの西インド諸島の植民地政策の延長上の歴史と、多国籍の植民地を統一していったアメリカ合衆国の歴史の交差・延長上にある。気候は亜熱帯性で植物相は椰子、松、ゴムの木やマングローブなど。私は椰子やマングローブなど沖縄によく似た植物相があると感じて、海の縞と熱い太陽と共に親しみを感じた。エバーグリーン国立公園では沖縄でも見慣れたマングローブの間をワニ（アリゲーター）が泳いでいた。ワニもインドネシアの小さな島で観光用に見た記憶がある。ブリタニカによれば、フロリダの海岸平野は砂質で石灰質の堆積物に覆われている。ゆえか？　砂浜は白く、太陽の光を反射して眩しかった。

キーウェストはフロリダ半島から南西に延びるフロリダ・キーズ諸島の西端のキーウェスト島に位置する。キーウェストにはフロリダ半島から続く国道US・1号線がカナダ国境から繋がっている。諸島間には橋が築かれてオーバーシーズ・ハイウェイとも呼ばれて海を見晴らす美しい国道であった。キーウェスト島の国道の終点からは島を回る巡回バスが十五分おきくらいに出ていて、ヘミングウェイの旧居のそばで降りられた。キーウェストは人気の観光地らしく、サンゴやほら貝（Conch《コンク》, 当地ではKonchと綴られていた）が当地名入りのTシャツと共に土産店では人気で、山盛りで盛んに売られていた。日本を離れる前、日本在住のアメリカ人のネイティヴの英語の先生にコンクスープはキーウェストの特産品だから是非食して来いと言われた。海を見晴らす鄙びた木の卓の居並ぶレストランで夫とランチ休憩。ウェイトレスはきれいな英語を話した。コンクスープはいつか済州島で食した海鮮鍋を思い出したが、今ではクラムチャウダーと共になつかしいアメリカのスープ（シチュー）である。美味い。

アメリカ人はしばしば喧騒を離れた郊外に別荘（本宅？）を持つが、こんなアメリカ南西端の遠いところによくヘミングウェイは住んだとの感嘆でもあった。海鮮料理の魅力か？　自分で釣りに、クルーズに出たのであろうか？　仕事部屋に旧式のタイプライターがあった。従軍記者もしていたので原稿をタイプで打って送るのには僻地からでも慣れていたのだろうと推測した。住居と仕事部屋を結ぶ、猫の渡る橋があった。台所はさほど大きくはなかった。料理は現地コックに頼んだのであろうか？　食べ残しを猫が食べた？

帰って、ヘミングウェイを読み直そうと考えた。

雛罌粟《コクリコ》の花

真っ赤な雛罌粟
舗道の裂け目から
伸びて咲く
群をなして
風に揺れる　音もなく

私は日傘を差して
みつめている
あなたは去って行く
あなたの面影が
小さくなる

いつか見た絵
赤い雛罌粟の丘
傘の女

あなたは絵の中に去る
赤い雛罌粟が
ざわめく

浮き草

浮き草の水に漂ふわが命
はかなき恋と君ぞ知るべし

われ一人浮き世の川に流れゆく
われのゆくゑに掬う手もなく

浮き草の浮き世流るるこの身かな
漂よひゆかむ君との逢瀬に

われぞ浮き草この短か世を流れゆく
地獄極楽わがここにあり

卒塔婆あり君知りたまへ媼あり
浮世漂ひ枯れし草の根

水に浮き澪標《みおつくし》なく彷徨《さまよ》ふは
われぞ浮草　涙に浮かぶ

今日もまた浮きて過ごししわが日々の
同胞《はらから》ともに乱れて果てむ

悔ゆる名も惜しからざりし縁《えにし》なく
梳く黒髪も差す紅もなく

Ⅲ　指の魔法

指の魔法

木ってのは　たしかに
地中から延び出た手・指
拡がる　閉じる
ぐんにゃり　ぴたんこ
ぐるぐる　ぴょん　ぴょい
すいすい　すんなり
一本指もある
瘤　捻れ　曲がりもある

あたし　ハリー・ポッターの
小母さんよ！

それ　木の子供たち！
カムカム　ゴーゴー
魔法よ　空に！
ジャックの豆の木
ずんずん伸びる
空まで届く
お城を建てよう
そこで植えよう
さかさまの木
アブラカタブラ
小指サーカス

朝の応答

答えてください
はい！　と
あなた
すこやかな朝の声で

緑の山に
澄んだ水音に
小鳥の喜びに
わたしの呼びかけに

はい！　と

あなたが答えれば
私も答えます　はい！
きっぱりとした朝

私達の答えは
谺となって
世界をめぐる

透明な鈴の音

駅　A La Gare

人混みの中で
時計を見上げる
さようなら　あなた
わたしは一人

どういう街に着くか
わからない
どういう人たちに会うか
わからない

地図が茫漠と広がり

その気配を嗅ぐだけ
列車に乗り込み
敷かれたレールを辿れば

明日　どこかに着くだろう
明日　誰かに会うだろう
列車が来る
見慣れた駅を捨てる

未来への旅路？
あるいは
現在も未来も失せた
混沌の時間への旅路

指をさす人

指をさす人の写真を見た！
なぜかこころに残る
光があったはずだ
風で髪が揺らいでいたはずだ

あっち！
彼方だ　遠い？　近い？
腕は延ばされ
指が突き出る

その先は見えない

でも確かな方向がある
女に　男に
子供に　大人に　でも
行く手に　何かがある

あり得る　きっと
指さす方向に
あなたを待つ
私を待つ　なにものかが
ある　いる　きっと　確かに

この町では誰も指をささない
さあ　指さそう！　彼のように
素早く　矢のように
すこやかな初恋のように

朝の新鮮な風のように

あっち！　こっち！
そっち！　一点の恥らいもなく

それは未知
それは未来
彼に続け！
魔法のガラスの城
高らかな天使の歌声

新しい人生への
扉

指さしてごらん　あなた！

たしかな光の行方が　敷かれるから

わたしは人魚

I

わたしは人魚です
王子さまを愛してしまった
悲しい　人魚です

あなた
波を見てください
はたはた　はためく波が

わたしです

眠っている　わたしです
わたしの姿は
あなたの
波の思い出です

Ⅱ

わたしは人魚です
にんげんがいやで
蝋燭を赤く塗ってしまった
人魚です

今　わたしは
赤い蝋燭を持って

海の下をさまよいます
ゆらゆらと海藻がゆれます

あなたを探します
暗い海の底

地上ではみつからなかった
愛を求めて

からっぽのベンチ

あるところに　いつも
からっぽのベンチがある
小高い坂の上

白いペンキの　金属製のベンチ
草花の蔓がダイナミックに
からまるデザイン

蔓の間に隙間があるから
雨も流れる
溜まらない　隙間だらけ

昨日は小雨
ベンチは涙で濡れていた
座らなかった　通り過ぎた

今日は晴天
ベンチは乾いて日が当たる
でも　座る暇がない

誰が座るの？
ベンチさん？　空気？
日の光？　雨の涙？

いつか　座りに行くわ
誰も座らない　ベンチさん

私が座れば　きっと
幽霊が来て座ってくれる
数限りない人々の
思い出が座る　息をしてくれる
座りましょう　一緒に　二人で
いつか会えなくなった　あなた
遠い時間の影となって
明日

葉っぱのコート

ガラス戸を通して見る
赤い葉っぱ
風に揺れている

でも　みんな下向き
寒くはない？　もうすぐ冬よ
たくさんの葉っぱさん

赤に黄色も混じる
垂れ下がって　懸命に
木に縋り付いているみたいね

遅い秋　晩秋とはきれいな言葉だけど
寒くなることには変わらないじゃない？
冬までには　みんな落ちてしまうのね

永遠の命はない
永遠の春はない
日本の四季　秋の紅葉

きれいだと愛《め》でてきました
でも葉っぱのさよならね
落ちる葉っぱはいつかは落ちる

今日は寒くて　私はダルマみたいに
古いセーターを着こんでいます　いいかしら？

いつか　落ちた葉っぱをたくさん集めて

コートを作ります　落ち葉コートを
頭まで被って　ミノムシさんと一緒に
冬の風の中で　ぶらぶら揺れます

でもあったかいから大丈夫
落ち葉さんの贅沢コート

ファンタジア

私は小さな女の子
あなたは小さな男の子
二人でお手々繋いで
蓮華の花咲く野原を
駆けて行きましょう

石ころはパンに変貌する
泥水はきれいな飲み水に
枯れたキャベツは　割れて
二人の座布団　金色に
雲さん下りて二人を包む

イモムシさんは銀の鍵
秘密の花園　入り口開ける
二人は入る
秘密の花園
世界の変貌

あたしたち
小さな女の子と男の子
ふたりのために　世界はあるの
お花の咲いたきれいなお庭を
お手々繋いで　一緒に走る
大人になってもまだ走る

Ⅳ　遥かなるドナウ

遥かなるドナウ

菩提樹茂る　並木道あり
河に沿ひたる　小道を歩み
立ち寄りたりし　美術館あり
出《い》でてそぞろに　われ歩みゆく
珈琲店にて　珈琲を一杯
風に吹かれる　日傘の陽よけ
われ今ドイツ　ひとりの旅人

蚤の市漁る　路傍に拡がる
売り手なる者　おじさんおばさん
国籍不明　英語はわかる

異国の品々　値切り贖ふ
テントの彼方に　大河を見たり
滔々流る　はるか向こうに
鉄橋見ゆる　越ゑればすぐ駅

王宮広場の散策疲れ
公園端のフェンスまで行く
小高い丘から　見晴らす河の
その名ダニューブ　ドナウの河よ
母なる河の名　ここにも流る
ハンガリーなる　ブダペスト
遠き思ひ出　今　蘇る

二本の菩提樹　天に聳ゆる
市民は憩ひぬ　河辺の公園

とことこわれは　ひとり歩みて
川岸彼方　ドナウを見たり
クルーズ途絶へ　ドナウは碧き
波ははらはら　ゆらめき流る
そこは何処か？　記憶薄れし
スロバキアなる　ブラスバキアか？

初めてなりし　ドイツの旅で
ボンなる迎賓館から　見晴らしぬ
栄光のドナウ　夕陽に映えて
山々赤く　耀く河見ゆ
おい見ろ！　グローリアス！
集《つど》ひし客の　歓喜の叫び

息子よ！　汝は知らぬとも

母は孤独の　世界の旅人
孤高の詩人　世界を愛せし
母の残しし　詩を知らずとも

知り給へかし　母はドナウに
魂残す　いまだ魂　舟に漂ふ
ワルツ踊らむ　かのシュトラウス
クルーズ途絶へ　ドナウは碧き
波ははらはら　ゆらめき流る

息子よ！　知れよ！　母はドナウに
こころと魂　置き去りにせし
何度も出会ふ　河よ　河の名
われこそ女神《ミューズ》　河の精なる
菩提樹護る　聖なる河と

※ドナウ河とはドイツ語名。ハンガリー語ではドゥナ、スロバキア語ではドゥナイ、英語ではダニューブ。なおオーストリア、セルビア、クロアチア、ブルガリア等を流れる。それぞれ同じく現地名を持ち、多数の支流を持つ。源流はドイツの南西部バーデン・バーデンの近隣のシュワルツバルト（例の黒い森）付近で、ヨーロッパ中部から東欧の国々を流れ黒海に注ぐ。ボルガ河に次ぐヨーロッパでは第二の長流。

光る風

風が光る
遠い海から
長い旅路を携えて
辿り着いた白い岸辺

風が光る
木々をそよがせ
翡翠色した
川の水を追いかけて

風が光る

雪を残した
山々を吹き抜けながら
仰ぎ見る女たちの額

風は光る
太郎と花子の
きっぱりと目覚めの朝
早起きの鳥たちの柔毛

風は光る
輝く昼
太郎の神社の森を揺るがせ
花子の窓の花のカーテンを扇ぐ

風は光る

灯《とも》された蝋燭のものがたり
悲しい人魚の夢を
そっと吹き飛ばす

風・光る
風・光らない
風・光らない
風・光る

風がやって来た　遠い海から

初出一覧

Ⅰ　春

春　『おばさんから子どもたちへ　贈る詩の花束』
　新川和江・水崎野里子バイリンガル　アンソロジー
　２０１８年発行　電子本・紙書籍（ブックウェイ）

傘のメモワール　「ＰＯ」１５７号　２０１５・５

コロンビーヌ　「ＰＯ」１６０号　２０１６・２

窓　「ＰＯ」１５９号　２０１５・11

窓を開ける　「ＰＯ」１６１号　２０１６・５

風　「ＰＯ」１６１号　２０１６・５

パリの空の下 — Sous le Ciel de Paris　「ＰＯ」１６１号　２０１６・５
　「戦争を拒む」（11月3日憲法公布記念日刊）
　Ⅱ部に再録　２０１６年発行（詩人会議）

枯葉　「ＰＯ」１６３号　２０１６・11

キャンドル・ライトⅠ・Ⅱ　「光芒」77号　２０１６・５
　「戦争を拒む」（11月3日憲法公布記念日刊）
　Ⅰ部に（2）が再録　２０１６年発行（詩人会議）

愛のブランコ　「ＰＯ」１５８号　２０１５・８

Ⅱ　アリスの旅行

アリスの旅行　「詩と思想」２０１６年3月号

ライム・ライト　「時調」第17集　２０１６年度版
雨の夜にあなたは帰る　「ＰＯ」１７３号　２０１９・５（予定）
海辺の小景―フロリダ・マイアミにてⅠ・Ⅱ　「千年樹」72号　２０１７年度版
雛罌粟の花　「ＰＯ」１６４号　２０１７・２
浮き草　「ＰＯ」１６８号　２０１８・２

Ⅲ　指の魔法

指の魔法　「ＰＯ」１６２号　２０１６・８
朝の応答　「ＰＯ」１６３号　２０１６・11
駅　A La Gare　「ＰＯ」１６４号　２０１７・２
指を差す人　「ＰＯ」１６４号　２０１７・２
わたしは人魚Ⅰ・Ⅱ　「ＰＯ」１６６号　２０１７・８
からっぽのベンチ　「ＰＯ」１６７号　２０１７・11
葉っぱのコート　「ＰＯ」１６８号　２０１８・２
ファンタジア　「ＰＯ」１７１号　２０１８・11

Ⅳ　遥かなるドナウ

遥かなるドナウ　「光芒」81号　２０１８・夏
光る風　『アンソロジー風Ｘ』詩を朗読する詩人の会「風」編
２０１１年発行（竹林館）

◉著者略歴

水崎野里子（みずさき・のりこ）

東京生まれ。詩集に『火祭り』（竹林館）、『新・日本現代詩文庫138 水崎野里子詩集』（土曜美術社出版販売）他。エッセイ集に『詩と文学の未来へ向けて 水崎野里子エッセイ集1995～2016』（土曜美術社出版販売）、『世界の詩人たち 水崎野里子翻訳・エッセイ集1998～2018』（竹林館）他。英語単独使用と英語・日本語のバイリンガル発表での日本現代詩人アンソロジーを左子真由美と共同で企画・編集。*Poems of War & Peace, For a Beautiful Planet, One Hundred Leaves* など。作品発表は他に「千年樹」「光芒」「詩人会議」など。

十三歳まで東京都武蔵野市吉祥寺に住む。井の頭公園によく遊びに行った。小学校・中学校は武蔵野市立第三小学校・第三中学校に通う。小学校の五・六年生時代の担任であった辻田晴子先生は作文授業をよくやってくれていていつも五重丸をくれた。辻田晴子先生はその後も私が文人としてデビューすることを疑わず楽しみにしていてくださったようだった。武蔵野市立第三中学校時代は国語の先生に恵まれ、中学一年の時に旺文社主催の全国詩のコンクール中学生部門で一位をいただいた。詩「風」である。授賞式には国語担当の先生が同伴してくれて武蔵野市立第三中学校宛と私宛に賞状と賞金を貰い、旺文社の社長と握手いただいた。武蔵野市立第三中学校では読書感想文のコンテストで三度入賞した。武蔵野市長賞、小金井市長賞と佳作入選であり、それぞれ賞状と時計を貰った。中学時代の国語の先生からも将来を託された。今、改めて御礼申しあげたい。ほとんど私の一生を決めた。

結婚後しばらくは良妻賢母とまじめな英語教師を念じたが、齢四十の半ばあたりから翻訳とエッセイ発表、また御縁あり初めは短歌、次に自由詩の創作を開始した。アカデミックな仕事と二足草鞋《わらじ》の両立を目指したが、しばしば交点を期待されてきた。学者理論の応用と理解する。海外交流に従事すると実はアカデミックな知識と仕事も評価され共に応用が利く場合も多い。フランス語・東西の文化知識に強い左子真由美さんとの共著・編集の著作は多い。初めは夫に同伴の国際学会参加、やがて詩人としての海外での詩祭や詩展参加多数。

〈受賞〉二〇一四年度世界詩人会議大阪大会桂冠詩人《ポエト・ローリエット》女性文学者賞
マイケル・マドフスダン金賞（インド・コルカタ）
二〇一四年隠岐後鳥羽院和歌大賞、他。

あとがき

エッセイ・佐古祐二さんの葬儀の日

階下のホールに入ると音楽が聞こえた。フランス語だ。シャンソンだとわかった。中央の祭壇に挨拶。佐古祐二さんは生前そのままに微笑んでいた。あ！　元気だな。いっぱいの花と名札文字と花束。左側手前入り口近くの席あたりで左子真由美さんの顔を見分けた。横に尾崎まことさんと後ろに藤谷恵一郎さん。鳴りやまないで響いている曲を聞いているとmourirとaimerの繰り返しが聞こえていた。死と愛だな、その繰り返しだなとぼんやりと考えていた。

今考えると祐二さんのご葬儀（二日目）にはお坊さんも司式牧師もいなかった。御経も讃美歌もない、無宗教に近いご葬儀であった。だが仏式の焼香台はあった。すなわちお別れ会のプログラムは、ひとりひとり参列者が前へ出て遺影に挨拶して焼香するだけである。だがシャルル・アズナヴール（あとで調べた）のシャンソンの「愛のために死す」のフレーズの繰り返しが終始ずっと流れ続ける。見事な祐二さんの最期の演出、さすがのポエジー！と私は思ったし今、思う。友人代表スピーチの真由美さんの顔は涙でくしゃくしゃだった。だがなんとか、「手も足もみんなもぎ取られたようで右も左も、どうしていいか全くわからない。祐二さん、どこ行っちゃったの？」とのスピーチ。

ＰＯに発表の詩やエッセイをメールでお送りするたびに受領やご注意のメールをくださった佐古祐二さん。弁護士のお仕事の間に詩作や編集のお仕事もこなされた。他に私の記憶にあることは、私の関与する日英バイリンガルのアンソロジーの詩の英訳にいつもご協力くださったことと、訳のコメントの鋭さであった。英語力はかなりだ！　との御礼であった。そのご縁が佐古祐二という詩人を知ることになった契機、初めの一歩であったと記憶する。次は三年位前、大阪で開催の年末カラオケ大会で彼が歌唱した「神田川」だった。「三畳一間の」と弁護士は堂々と歌った。（あとで南こうせつが作曲してかぐや姫が歌った「神田川」の作詞者の喜多條忠《きたじょうまこと》は関西フォークのメンバーと知った。大阪生まれ）。関西詩人のレベルの高さは確かに認める。

佐古祐二さんはアズナヴールの歌を「愛のために死にます」と読み解いた。あるいは「死んでも愛しています」、「死ぬほど愛しています」と。人生を愛と死で高らかに歌った。フランス詩歌の中枢を突く。焼香が終わると、ちょうど mourir d'aimer のリフレインが聞こえてきた。私は衝動的に遺影の前でロザリオを挟んだ左手を高く持ち上げた。そして高みの場所で右手も上げて合わせて祈りの形を作り、胸の前に下ろして合掌した。Aimerが祈りの時と重なった。佐古祐二さん、国際交流理解と芸術ご理解、ありがとう！ここに詩集をまた刊行します。やはり愛と生と希望に捧げます。天国でおしあわせでしょ！もう入院の必要なんかないのよ。どういうわけか作品到着のメールはご葬儀の直前まで来ました。あなたの丈の高い赤いカンナの花は死から生命への逆反射で、あなたの詩の中の生への明るさと希望は、つらい病と死の影の逆説だったのではない？　さようなら！　またひとり私は日本の詩人を見送りました。

最後に、本詩集の刊行を承諾いただいた竹林館社主の左子真由美さんとスタッフの方々、この詩集を読んでくださったすべての方々、さらには今まで私を励ましてくださった方々すべてに御礼申しあげ、あとがきとします。皆さま、ありがとうございます。今後ともよろしくお願いいたします。

二〇一九年春吉日　愛と死を見つめて　　　　水崎野里子

水崎野里子詩集
愛のブランコ

２０１９年3月20日　第1刷発行

著　者　水崎野里子
発行人　左子真由美
発行所　㈱竹林館
〒530-0044
大阪市北区東天満2-9-4千代田ビル東館7階ＦＧ
Tel 06-4801-6111　Fax 06-4801-6112
郵便振替 00980-9-44593
URL http://www.chikurinkan.co.jp
印刷・製本　モリモト印刷株式会社
〒162-0813 東京都新宿区東五軒町3-19

ISBN978-4-86000-404-0 C0292
定価はカバーに表示しています。
落丁・乱丁はお取り替えいたします。